AF619926

ISBN 978-1-4717-2934-8

AMBASSADOR OF GOOD WILL

von Prof. Dr. Roland Hornung

ISBN 978-1-4717-2934-8

Juni 2012

Vorwort

Mein Engagement für Israel

Warum engagiere ich mich für Israel?

Vielleicht weil man Verantwortung hat? Oder weil man hofft, dass andere Menschen Einsichten und Weisheit bekommen? Vielleicht kommt ja bei gewissen Leuten doch eine "Erleuchtung"? Außerdem eine Art "Verpflichtung" - bei mir jedenfalls ist das so. Ich hatte ja 7 Monate lang in einem orthodoxen Viertel Jerusalems gelebt, und die Leute dort (KEINE Zionisten, aber auch KEINE "Ablehner" Israels, es war nicht Mea Shearim) baten mich, nach Rückkehr als eine Art "ambassador of good will" in Deutschland zu wirken. Nicht, um irgendwelche israelische Regierungen zu verteidigen, nicht, um philosemitisch zu sein. Nein!

Sondern schlicht und einfach, um Israel, seine Vielfalt, seinen kulturellen Reichtum, seine Menschen in Deutschland darzustellen. Als Menschen wie du und ich. Nicht besser als "die Deutschen", nein. Aber auch nicht schlechter!

AMBASSADOR OF GOOD WILL –

Persönliche Erlebnisse und Eindrücke in Jerusalem

Roland Hornung

Nun, stellt Euch eine Oase vor, und ihr sitzt abends vor dem Zelt beim Tee-Trinken, Eure Kamele sind schon getränkt und gefüttert, und Ruhe kehrt ein in Euer Leben.

Zur Krönung fehlen jetzt nur noch einige Geschichten vom berühmten Geschichten Erzähler Roland ☺

In Jerusalem wohnte ich in einer Mietswohnung nahe dem Herzl-Berg und Yad-Vashem (der Holocoust-Gedenkstätte)- im äußersten Westen Jerusalems. Ich war in einem Praxis-Forschungssemester an der Hebräischen Universität Jerusalem, im Campus Givat Ram, dem naturwissenschaftlichen Campus der Universität. Es gibt auch noch den eher geisteswissenschaftlichen Teil, der am Mt. Scopus (Har Hatsofim) im Osten Jerusalems plaziert ist.

Ich lebte etwa 7 Monate in Jerusalem, kam aber vorher schon oft, und nachher sehr oft immer wieder nach Jerusalem.

In meiner - sehr orthodoxen - Wohngegend reichten sich orthodoxe ashkenasische Juden, die jiddisch sprachen, und sephardische Juden aus Marokko (die sehr gut französisch sprachen!) u n d russische Einwanderer jeweils die Hand.

Es war hochinteressant, sich mit den orthodoxen Rabbinern zu unterhalten. Wir teilten viele Ansichten und unsere Werte-Orientierung in erstaunlich vielen Dingen.

In den ersten Wochen lebte ich mehr in dieser behüteten Gegend, doch irgendwann wollte ich auch das heutige Jerusalem kennen-lernen!

Von diesem meinem Leben in Jerusalem damals u n d bei späteren Aufenthalten will ich euch nun erzählen.

Denn einer der Rabbiner (und andere Freunde unabhängig davon auch) fragten mich am Ende meines Aufenthaltes, ob es mir gefallen habe.

Zustimmend nickte ich mit dem Kopf, worauf einer meinte:

> ***„Dann kannst du doch für uns in Deutschland ein „Ambassador of good will“ werden! Erzähle einfach und natürlich, was du hier selbst erlebt hast!“***

In meiner Wohn-Gegend

In meiner Gegend (Beit vegan = Haus und Garten), wo ich wohnte, gab es sehr viele Orthodoxe. Gleich mir gegenüber war eine Jeschiwa (Religionsschule)….Oft, sehr oft, unterhielt ich mich mit dem Rabbiner dort, und wir beide waren voller Hochachtung und Respekt voreinander. Selten in meinem Leben habe ich so tiefe und wertvolle und wertorientierte Gespräche geführt. Selten habe ich einen Menschen getroffen, der eine so sehr ähnliche Werte-Orientierung hat wie ich. Mit den Orthodoxen konnte man jiddisch reden…Für die weltlichen Genüsse gab es einen "Tante Emma - Laden", der von einem marokkanischen Juden geführt wurde, der sich unbedingt in französisch mit mir unterhalten wollte....

Und im Bus hörte man fast nur russisch, aufgrund der vielen russischen Einwanderer, die in Israel zu jener Zeit eintrafen.

…….. Und HEBRÄISCH ? IVRIT ?

Ich wollte doch ivrit lernen und verbessern! Doch in meiner Wohngegend brauchte man das nicht… Dazu musste man schon zum „mahane jehuda" (jüdischer Obst- und Gemüse-Markt) gehen. Später mehr davon….

JERUSALEM

Betrachten wir doch einmal Jerusalem, das mir für viele Monate eine zweite Heimat geworden war: Es ist eine sehr vielseitige, sehr unterschiedliche, sehr multikulturelle Stadt, viel mehr als jede Stadt in Europa, und Jerusalem wirkt dadurch auch grösser und weltstädtischer als es ist. Es hat rund 750 000 Einwohner, aber man meint, aufgrund der Vielseitigkeit, in einer Millionenstadt zu weilen. Der frühere Bürgermeister Teddy Kollek sagte mir einst, dass in Jerusalem 84 (!) Sprachen gesprochen werden, wobei die alten Kirchensprachen Griechisch, Latein, Aramäisch nicht mitgezählt seien! Begibt man sich in den Osten Jerusalems, an den Ölberg, und wandert ihn aufwärts, dabei den Blick hin und wieder gegen Westen wendend, hat man die wohl schönste Ansicht auf Jerusalem: Auf die Altstadt und, natürlich, auf den Tempelberg, auf dem heute der moslemische Felsendom und die moslemische Al Aksa Moschee stehen. Die goldene Kuppel des Felsendoms ziert in-zwischen (fast als Standard-Blick auf Jerusalem) ja viele Postkarten...

"Meine Seele verglüht in den Abendfarben Jerusalems".

Diese Worte von Else Lasker-Schüler kommen mir immer in den Sinn, wenn ich in den Abendstunden vom Ölberg aus meine Blicke gegen Westen richtend über Jerusalem schweifen lasse. Die eigenartige Färbung der Stadt in einer Mischung aus Gold und Rosa (wohl auch wegen der extrem geringen Luftfeuchtigkeit, die das abendliche Sonnenlicht in einem eigenartig faszinierendem Glanz brechen lässt, und bedingt auch durch die wunderbare Kalkstein-Bauweise, der berühmte Jerusalem-Stein, der alle Gebäude ziert!) begeistert mich immer wieder, und veranlasste Naomi Shemer 1967 das bekannte Lied "Yerushala'im shel zahav" (=Jerusalem von Gold) herauszubringen. Ein Lied, das mich immer tief bewegt...Lange kann ich verweilen, und den Anblick Jerusalems in mich hinziehen lassen und so die Erinnerung an Jerusalem auch für Zeiten zu bewahren, in denen ich dort nicht weilen kann.

"Der Kompass meines Herzens schlägt immer für Jerusalem".

Diese Worte von Schalom Ben Chorin bedeuten mir viel, sagen all das aus, was ich fühle. Auch Schalom Ben Chorin lebte in zwei Städten, in München und Jerusalem, auch sein Herz war zerrissen in Liebe zu BEIDEN Städten, auch in seiner Brust kämpften zwei Seelen um ihre Gunst. Auch er lebte den Spagat zwischen zwei Welten, zwischen Orient und Okzident. Denn auch mein Leben hat zwei Mittelpunkte, Jerusalem und meine Stadt in Ostbayern, in der ich jetzt lebe. Auch ich versuche den Spagat zu leben, indem ich jedes Jahr (mindestens) einmal nach Jerusalem fahre:

„Vergesse ich deiner, oh Stadt Jerusalem, so möge mir die rechte Hand verdörren."

Gehen wir den Ölberg bergan, vorbei am Garten Getsemane, an der russisch-orthodoxen Magdalenenkirche mit ihren weithin sichtbaren goldenen Kuppeln vorbei an der Paternoster-Kirche mit dem Vater unser-Gebet in so vielen Sprachen auf Majolikaplatten, und vorbei an der ecce homo Kapelle. Wenden wir dabei immer wieder den Blick gegen Westen, auf das faszinierende Jerusalem, auf die Altstadt mit den 4 Vierteln, armenisch, christlich-arabisch, moslemisch-arabisch und jüdsch, die vor unseren Augen liegen:

Hier ist die heiligste Stadt, der heiligste Ort auf Erden.

Die Viertel der Jerusalemer Altstadt

Diese 4 Viertel sind ein wichtiger Bestandteil eines jeden Jerusalem-Besuches, und sie spiegeln auch die Vielseitigkeit und Unterschiedlichkeit des religiösen und politischen und kulturellen Lebens wider.

Betritt man die Altstadt Jerusalems von Westen durch das Jaffator, gelangt man rechter Hand in das ***ARMENISCHE VIERTEL.***

Geradeaus aber kommt man in das (arabisch-) ***CHRISTLICHE VIERTEL*** und dann weiter zur Grabeskirche, von dort durch die "via dolorosa", in fallenden Nummern der Stationen gelaufen, schließlich zum (arabisch-) ***MOSLEMISCHEN Viertel.***

Südlich des Moslemischen Viertels liegt dann das ***JÜDISCHE VIERTEL.***

An der Nahtstelle zwischen christlichem und moslemischem Viertel befindet sich das "Austrian Hospice"(Österreichisches Hospiz), das gut bewacht und gesichert der vorbeilaufenden Besucher harrt. Dort drinnen gibt es so bekannte österreichische Köstlichkeiten wie Apfel-Strudel, Kakao, Sachertorte oder Marillen-Likör. Schlicht und ergreifend köstlich...und immer eines Besuches wert ☺
Doch nicht nur der Leib bekommt hier Nahrung, nein auch der Geist:

Der langjährige Leiter, Monsignore Dr. Schwarz, war stets einer meiner liebsten Gesprächspartner, und einer der profundesten Kenner der Nahost-Szene! Nach etwa 15 Jahren Jerusalem-Aufenthalt ist er vor ein paar Jahren in seine Heimat Österreich wieder zurückgekehrt.

Wendet man sich an der Kreuzung, an der dieses Österreichische Hospiz steht, nach Süden, so kommt man in das (nach 1967 wieder-aufgebaute) **JÜDISCHE VIERTEL.**

Dieses uralte jüdische Viertel war 1949 nach der Eroberung durch die arabische Legion (die Jordanier) fast völlig zerstört worden. Nach der Wiedereroberung und Befreiung Jerusalems 1967 wurde das Viertel restauriert und wieder aufgebaut.

Wem von euch ist nicht das ergreifende Bild der Soldaten von Zahal bekannt, die 1967 bei der Befreiung Jerusalems das erste Mal die Westmauer ("Klagemauer") sahen und staunend und glücklich auf sie schauten?

Das (christliche-) **ARMENISCHE VIERTEL** beeindruckt mich aus vielerlei Gründen:

Die Armenische Konfession ist eine der ältesten christlichen Staatskirchen der Welt! Die Armenier sind eines der Völker, die am längsten in der Region Mittelost wohnen.

Die Armenier erzählen sich selbst ja ***folgende Legende*:**

Als Noah aus seiner Arche am Berg Ararat ausstieg und sich dort ansiedelte, dann gründete er das armenische Volk! ☺

Auf diese Art und Weise wollen die Armenier ausdrücken, dass sie zu den ältesten Kulturvölkern gehören (was ja auch prinzipiell stimmt!)

Die Kurden, die ja auch ein sehr altes Volk in Mittelost sind, sind besonders schlagfertig und antworten auf obige armenische Legende vom Berg Ararat dann so:

"Ja, und wir haben euch gastfreundlich begrüßt, als Noah und ihr hier gestrandet seid". So hebelt ein Volk dem anderen die "Erstlingsrechte" aus ☺

Heute werden die Armenier in Jerusalem leider immer weniger....Sie sind besonders gute Händler und ihre Keramik ist schön und empfehlenswert. Ihre Schrift ist eigenartig mäanderförmig und interessant, und ihre Sprache ist indoeuropäisch! Ich selbst besuche besonders gerne dieses armenische Viertel.

"Barev" (=Willkommen) , „Hamburum em“ (Viele Grüsse)

„Schalom Roland"

Einmal stand ich am Ölberg. Ich stand irgendwie alleine und verlassen (und wie bestellt und nicht abgeholt) in der Nähe des Garten Gethsemane herum.
Da kam eine israelische Schulklasse mit einer Lehrerin und zahlreichen Schülerinnen und Schülern (alle so um die 15, 16, 17 Jahre alt) des Weges geschlendert.

Israelische Jugendliche sind ja bekanntlich alles andere als schüchtern und sehr, sehr "extrovertiert", ja, fast aufdringlich. Vor allem die Mädels kamen auf mich zu und sagten, vorläufig ja noch ganz nett und artig : "Shalom ".

Ein sehr hübsches Mädchen fiel mir jetzt besonders auf, durch seine Augen, durch seine schönen Gesichtszüge und seine edle Gestalt. So fragte ich sie: "Eich korim lach?" (wie heißt du?), und sie antwortete: "korim li Lara" (ein bekannter russischer Name). "We eich korim lecha?" fragte sie mich zurück (wer iwrit lernen will, sollte hier bemerken, dass das weibliche und männliche Personalpronomen unterschiedlich ist!), und ich antwortete: „schmi Roland".

Die Mädels lachten amüsiert über diesen, ihnen etwas fremden Namen "Roland", oder: sie lachten mich an? Oder: sie waren fasziniert von mir?

Diesen Gedankenspielen machte die - völlig unromantische – Lehrerin jetzt schnell ein Ende - indem sie selbst nun mich ansprach und einen kleinen "small talk" begann und mich dabei immer wieder interessiert musterte und kritisch beäugte. Kritisch, aber mit deutlichem Wohlwollen.

Auch sie gefiel mir. Das herrliche braunrote Haar, das man in Israel so oft findet, und der Schalk in ihren Blicken, ja, ja, diese israelischen Frauen, die haben es faustdick hinter den Ohren...

Leider musste ich nun wieder weiter. Das Schicksal spielte uns diesen Streich; denn was als nette Unterhaltung mit Lara begann, hätte ja der Beginn einer großen, einer großartigen Romanze werden können?

Doch so trennte das grausame Schicksal unsere Wege. ...Trennte unsere Wege? Wirklich?

Abends, viele, viele Stunden später, sah ich diese Klasse hübscher und hochinteressanter und faszinierender Israelinnen plötzlich wieder, am Jaffator, dem westlichen Tor der Altstadt.

Und Lara sah mich! Und sie rannte zu mir und rief: "Schalom, Roland"! Sie hatte sich meinen Namen einen ganzen Tag lang gemerkt! Kann das wahre Liebe gewesen sein?

Die israelische Küche

Ein paar Worte zur israelischen Küche.

Es gibt in der israelischen Küche wohl DREI Hauptrichtungen:

1.) Die osteuropäisch-jüdische (jidische) Küche, mit Tscholent, gefillte Fisch, Latkes, Schtrudl, Blinzes (blinys) – Palatschinken, Krapfen, usw.... - sie scheint eher rückläufig in Israel.

2.) Die orientalisch-sfardisch-arabische Küche, heute der Hauptzweig der israelischen Küche, mit Falafel, Humus und Schuwarma, usw....

3.) Die internationale Küche wie selten weltweit so breit wie in Israel – dank Einwanderern aus 120 Ländern.

Sprachen in Israel

Oft wird man gefragt, wie man sich in Israel verständigen kann. Ich selbst hatte ja in einer recht orthodoxen Gegend Jerusalems gewohnt und so wurde dort jiddisch (dem Deutschen recht ähnlich) gesprochen. Natürlich am Anfang für mich eine Erleichterung, musste ich doch anfangs kein iwrit (= neuhebräisch) lernen!

ABER: Irgendwann sollte man - wenn man längere Zeit dort leben will – schon iwrit lernen! Am "Machane Jehuda" (=Jüdischer Obst- und Gemüse-Markt) lernt man das am besten! Beim Handeln und Feilschen sind Zahlen-Kenntnisse angesagt! ☺

Wer allerdings kein iwrit lernen will, dem sei gesagt, dass Englisch in Israel sehr oft und sehr gut gesprochen wird, und Russisch ist inzwischen eine der häufig gehörten Sprachen in Israel.

Teddy Kollek, der frühere legendäre Bürgermeister Jerusalems, sagte mir einmal, dass allein in Jerusalem 84 lebendige Sprachen gesprochen werden. "Wenn Sie einem Israeli begegnen, werdet Ihr sehr schnell eine Sprache finden, die Ihr beide versteht", meinte er.

Ich bin kein Religionswissenschaftler, und auch kein Philosoph und auch kein Priester, Pfarrer, Pastor oder Rabbi, sondern nur ein Mensch.

Trotzdem (oder gerade deswegen) hatte ich ja in meiner (orthodox geprägten) Gegend in Jerusalem sehr viele und tiefe Gespräche mit dem Rabbi der Jeschiwa, gleich meinem Haus gegenüber..
Gespräche, über die wir beide sehr dankbar waren. In Israel sind die Leute oft sowieso viel gesprächiger, diskussionsfreudiger, nach "disputationes" heischender als in Deutschland, habe ich so manchmal den Eindruck. Gespräche, Diskussionen (durchaus kontrovers, aber meist nur hart in der Sache, aber respektvoll und nett zum Gesprächspartner persönlich) waren und sind für mich stets eine große Bereicherung in Israel.

Doch nun endlich zum berühmten „Mahane Jehuda“ – dem jüdischen Markt. Denn dort ist man gezwungen, schnell ivrit zu lernen, zumindest die Zahlen, um handeln und feilschen zu können.

■■

EINKAUFEN - Der Mahane Jehuda

Am besten (und interessantesten) einzukaufen ist wohl am Machane Jehuda, dem großen jüdischen Obst- und Gemüsemarkt in Jerusalem!
Dort ist ein tolles Treiben, eine riesige Hektik, ein Feilschen und Handeln - und es gibt köstliches Obst und wohlriechende Gewürze!

Dieser jüdische Markt im Herzen Jerusalems ist ein gigantischer Obst- und Gemüse-Markt - und mehr! Ein Ort der Kommunikation. Vergleichbar ist vielleicht der Karmel-Markt in Tel Aviv.

Es gibt große Mengen unterschiedlichstes Obst und Früchte und Gemüse und Salate - und im Vergleich zu Deutschland oft preiswerter. Manche Waren sind ähnlich teuer wie in Deutschland, aber bei Tomaten fiel es mir auf, die waren sehr viel billiger dort am Markt. Kommt man am Freitag kurz vor Schließung (wegen „erev schabbat“, dem Schabbat-Beginn, der ja am FREITAG ABEND bereits bei Sonnenuntergang anfängt!), dann erhält man viele Dinge sogar nochmals etwas billiger! Im 'Winterhalbjahr', als ich in Jerusalem weilte, gab es natürlich Orangen, Zitronen, Grapefruits, Mandarinen, Clementinen, Khakis und jene besondere Orangen-Mandarinen-Kreuzung, die man hier in Deutschland oft unter dem Namen 'Mineolas' kaufen kann und die sehr köstlich sind… Es sind die lustig aussehenden Orangen mit einer 'Nase' (einer Wölbung am oberen Ende) ….Neben Obst und Gemüse gibt es eine außergewöhnlich reichhaltige Vielfalt an Gewürzen (vor allem das uns oft unbekannte 'zatar' [= ysop] und Kamoun, usw.) - eben die 'Düfte des Orients'! ☺

Das Besondere aber ist das hektische und laute und lautmalerische und marktschreierische Handeln! Jeder preist seine Ware an, und jeder Kunde darf die Ware probieren und auch aussuchen!!! ☺

Gerade letzteres gefiel mir besonders; denn hier (in Deutschland, meine ich jetzt) bekommt die Ware vom Händler ausgesucht und eingepackt - und hin und wieder durchaus auch einmal ein recht faules oder altes Stück untergejubelt ☹
In Jerusalem aber sucht sich der Kunde seine Ware selbst aus - und so sollte es ja eigentlich auch sein.

Dieser - große - kulturelle Unterschied überraschte auch ***E.,*** meine israelische Bekannte, als sie im September bei mir in Deutschland weilte: Sie wollte sich (wie aus Jerusalem gewohnt!) ihr Obst selbst aussuchen und durfte es nicht! ☹

Im Gegenteil - der Obstverkäufer hier in Deutschland suchte das Obst selbst aus, das sie wollte (es waren unter anderem Bananen) und jubelte ihr ein paar faule Bananen unter ☹

Noch hatte sie den (recht hohen) Preis nicht bezahlt! E. war höflich und bat ihn doch, er möge bitte die schlechten durch gute Bananen ersetzen, und ich unterstützte die Bitte. Doch er lachte nur recht dumm und ziemlich frech. Da hatte er aber seine Rechnung ohne den Wirt gemacht - und die sehr DIREKTE ART der ISRAELIS (und erst recht der ISRAELINNEN!) gewaltig unterschätzt!

Sie bat NOCHMALS um Austausch der Früchte - und er lachte wieder blöde.

Doch nicht mehr lange - denn wenige Sekunden später hatte er seine faulen Bananen im Gesicht, mit der Zusatzbemerkung von E: „Guten Appetit mit deinen verfaulten Bananen“! ☺

Diese kleine Szene mag euch als GANZ WICHTIGER EINBLICK in eine interkulturelle Betrachtung dienen: Israelis haben nicht immer die (oft nur aufgesetzte und recht unehrliche und oft übertriebene) 'Höflichkeit' und 'Korrektheit' vieler Deutscher, sondern sind meist sehr 'direkt' (was bei uns als 'unhöflich' bezeichnet wird, aber in Wirklichkeit doch eher auch 'ehrlich' ist).

Andererseits: Wenn es darauf ankommt (in einem Unfall, einer Notlage, einem Missgeschick), dann sind die meisten Israelis außergewöhnlich hilfsbereit und schauen nicht nur zu oder gar weg, sondern helfen tatsächlich, und zwar sehr aktiv.

Als ich meinen ersten Bombenalarm in einem Bus erlebte, und nicht so recht wusste, was ich machen sollte, da wollten gleich ALLE(!) Bus-Insassen mein Leben retten und zerrten mich aus dem Bus und warfen mich (und sich selbst!) - in den Straßengraben!

Zurück zum Mahane Jehuda - dem jüdischen Obst- und Gemüsemarkt in Jerusalem:

Nicht nur als Einkaufsmöglichkeit ist der Markt empfehlenswert, sondern auch zum Lernen und Verbessern der Hebräischen Sprachkenntnisse! Denn in diesem Trubel und Handeln und Anpreisen der Ware und Feilschen sind gute ZAHLENKENNTNISSE in iwrit sehr nützlich! So lernte ich - unwillkürlich - die Zahlen besonders schnell und konnte den an sich schon günstigen Preis oft nochmals durch Feilschen senken! Anfangs mussten meine Kinder (die sehr schnell in der Schule iwrit gelernt hatten) allerdings immer dolmetschen…

Meine Wohngegend

In meiner Wohngegend gab es eigentlich alles, was man zum Leben brauchte, und das relativ nah und schnell und unkompliziert. Man brauchte nicht extra zum „Mahane Jehuda“ – es gab auch einen kleinen Supermarkt in meiner Straße. Es gab auch ein Postamt, eine Bank, Reinigung, eine Pizzeria, u.v.a.m.

Wie in jeder religiösen Gegend gab es auch mehrere Jeschiwot. Eine Jeschiwa ist eine Religionsschule. Und mit den Lehrern und Rabbinern konnte man sich ausgezeichnet unterhalten. Sie erzählten auch aus der Thora, von Rabbi Hillel und vielem anderen. Hier ein paar Beispiele:

Die Thora

"Eines Tages kam ein Mann zum Rabbi Hillel und fragte ihn, ob er die Thora ihm erklären könne, solange er auf einem Bein stehe. ...Der Rabbi entgegnete: "Nein, das kann ich nicht; denn die Thora, die 5 Bücher Mose, die ist so lange und sie enthält doch so viel Wichtiges, und du kannst doch nur kurze Zeit auf einem Bein stehen.... Also kann ich das nicht, dir in solch kurzer Zeit die Thora erklären".

Nach ein paar Wochen kam der Mann wieder zum Rabbi Hillel, mit dem gleichen Wunsch. Und wieder erwiderte der Rabbi, dass er die Thora nicht in der kurzen Zeit erklären könne, wie der Mann auf einem Bein stehen könne...

Wieder Wochen später kam erneut der Mann zum Rabbi Hillel. Und diesmal sprach der Rabbi: "Ja, ich kann deinen Wunsch erfüllen. Stell dich auf ein Bein! Nun, was ist der Inhalt der Thora?

" Du sollst deinen Nächsten lieben wie dich selbst "

(3. Mose, 19, 18)

Diese Geschichte von Rabbi Hillel berührt mich immer wieder ! Denn wer dies verstanden hat, und wer das h e u t e auch noch so lebt, der hat G'ttes Wort verstanden.

Eine Variante der Geschichte erzählt, dass Rabbi Schamai – ein Zeitgenosse von Hillel – die Thora nicht in einer so kurzen Zeit habe erklären können, aber Hillel habe das vermocht, wie man oben sieht!

Eine weitere weise Geschichte:

Wann endet die Nacht?

Ein weiser Rabbi stellte seinen Schülern einmal die folgende Frage:

"Wie bestimmt man die Stunde, in der die Nacht endet und der Tag beginnt?"

Einer der Schüler antwortete: "Vielleicht ist es der Moment, in dem man einen Hund von einem Schaf unterscheiden kann?"

Der Rabbi schüttelte den Kopf.

"Oder vielleicht dann, wenn man von weitem einen Dattel- von einem Feigenbaum unterscheiden kann?“

Der Rabbi schüttelte wieder den Kopf.

"Aber wann ist es dann?"

Der Rabbi antwortete: "Es ist dann, wenn Ihr in das Gesicht eines beliebigen Menschen schaut und dort Eure Schwester oder Euren Bruder erkennt. Bis dahin ist die Nacht noch bei uns."

Natürlich unterhielt ich mich mit den Rabbinern meiner Nachbarschaft auch über die Jüdischen Feiertage – und einige feierte ich in meinem Aufenthalt auch selbst mit.

Die Jüdischen Feiertage:

Jetzt ist Gelegenheit, einmal etwas ausführlicher **über jüdische Feiertage** etwas zu erzählen. Zunächst ein ÜBERBLICK:

Der wichtigste Feiertag ist der SCHABBAT, der wöchentliche Ruhetag, der dem jüdischen Volk (und der ganzen Menschheit) von Gott gegeben wurde.

Die übrigen Feiertage teilt man in zwei Gruppen

- die ernsten Festtage

Rosch HaSchana (= Neujahrsfest, im September oder Oktober)

Jom Kippur (Versöhnungstag, 10 Tage nach Rosch HaSchana)

- die freudigen Festtage sind die drei Wallfahrtsfeste

Pessach (März oder April)

Schawuot (50 Tage nach Pessach)

Sukkot (Laubhüttenfest, 2 Wochen nach Rosch HaSchana)

- daneben gibt es die freudigen Gedenktage

Chanukka (Dezember)

Purim (Februar oder März)

Tu-be-schwat (Neujahrfest der Bäume)

- und traurige Gedenktage,

die meist mit der Zerstörung des Tempels zu tun haben.

Ich will jetzt etwas mehr über einzelne Feiertage erzählen und beginne mal mit den Feiertagen im Herbst, z.B. Rosch Haschana, Jom Kippur, Simchat Thora und Chanukka. Doch zuerst zum Schabbat-Ausgang.

Schabbat – Ausgang

Über den Schabbat selbst, den höchsten Feiertag, erzähle ich später einmal ausführlicher. Jetzt nur ein paar Worte zum Schabbat-Ausgang.

Oft durfte ich mit Freunden in Jerusalem den Schabbat–Ausgang (moze schabbat), also am Samstag –Abend, feiern.

Die Havdala-Kerzen werden entzündet und man trennt das Gute vom Bösen. Der Duft wohlriechender Gewürze liegt in der Luft. Man wünscht allen „Schawu'ah tov“ - eine gute Woche.

Rosch HaSchana und Jom Kippur

Rosch Haschana (=Jüdisches Neujahr) und die darauffolgenden Tage der Umkehr (im Herbst eines jeden Jahres) rufen ja den Menschen dazu auf, seine Beziehungen zum Mitmenschen zu überprüfen und seinen Nächsten um Verzeihung zu bitten.

Erst dann kann er am Jom Kippur vor G'tt hintreten und um die Vergebung all seiner Sünden bitten. Am Jom Kippur tritt er vor G'tt

- und sei er während des Jahres auch noch so weit entfernt von ihm gewesen-und hat dann an diesem Tag die Möglichkeit seinen Lebensweg neu zu bestimmen.

Jom Kippur bedeutet *"Tag der Sühne und der Reinigung"*. Es ist der höchste jüdische Feiertag. Ich durfte diesen Tag auch in Jerusalem erleben.

Simchat Thora - Fest der Thora-Freude !

Ja, es ist ein frohes Fest, ein fröhliches Fest: "Simchat Thora" (= Fest der Thora-Freude).

Dieses Freuden-Fest gibt es, weil jetzt (in 52 Wochen-Abschnitten [= Paraschot]) die Thora (also die 5 Bücher Moses) - im Jahres-Zyklus der Thora-Lesungen am Schabbat - beendet ist, und nun mit "bereschit" die Thora wieder von vorne zum Vorlesen begonnen wird (bei den Thora-Lesungen an Schabbat in der Synagoge). Nach dem Gebet erhält an diesem Feiertag jeder Mann eine Thora-Rolle zum Tragen (bzw., wenn es zu wenige Thora-Rollen gibt, wechselt man sich ab beim Thora-Tragen) und dann singt man und tanzt man mit der Thora-Rolle im Arm!

"Hava nagila", oder "David melech Israel", oder "Hevenu Schalom aleichem", oder "od avinu chai,od avinu chai, am Israel, am Israel, am Israel chai,...am Israel, am Israel, am Israel chai“ ......

Man tanzt durch die Synagoge und dann raus in den Hof und in den Garten der Synagoge und dann wieder in die Synagoge rein und singt immer wieder schöne Lieder! „Am Israel, am Israel, am Israel chai!“ (= Das Jüdische Volk soll leben)

****

Chanukka

Ein bisschen kann ich nun auch zu diesem Fest erzählen: Als ich in Jerusalem lebte, wurde ich von Freunden zum Chanukka-Feiern in deren Familie eingeladen: Es gab köstliche Latkes (=Kartoffelpuffer), von denen ich Unmengen aß.

Dann gab es aber auch sufganiot (=Krapfen, manche sagen auch Berliner oder Pfannkuchen), die ich ebenfalls mit Heißhunger verschlang. ☺

Die Kinder das Hauses (5 Stück an der Zahl) hatten jeder seine eigene „Chanukkia“ (=Leuchter zu Chanukka, mit 8 Armen + 1 Arm für den "Diener" = schammes; diese Diener-Kerze dient zum Anzünden der übrigen Kerzen).

Dieser 9-armige Leuchter, die „Chanukkia“, darf nicht verwechselt werden mit dem viel bekannteren 7 –armigen Leuchter, der „Menorah“.

Am ersten Tag wird eine Kerze an der Chanukkia angezündet, am 2. Tag zwei, bis dann am Ende des chanukka - Festes alle 8 Kerzen (+ die „Diener-Kerze“) brennt.

Weil meine Freunde ein großes Haus hatten (in der „German Colony“ in Jerusalem) und viele Zimmer, und weil viele Kinder zu Besuch weilten, gab es zahlreiche Chanukkiot- vielleicht 20 (?)…In jedem Zimmer standen mehrere herum.

Und weil die Mutter sehr praktisch war, hatte sie unter jede Chanukkia riesige und dicke Lagen Alu-Folie gelegt: Falls wirklich mal eine Chanukkia umfiel, konnten die brennenden Kerzen so keinen Schaden anrichten.

Es gab allerlei köstliches und reichhaltiges Essen und für die Kinder gab es tolle Geschenke. Auch die Erwachsenen hatten viel Besuch (nicht nur mich), und wir bekamen viel zu essen und zu trinken.

Viele der Speisen (z.B. die Kartoffelpuffer und die Krapfen) sind in Öl gebacken, um an das „Öl-Wunder“ von Chanukka zu erinnern:

Die heidnischen Griechen unter Antiochus IV (einem Seleukiden, Nachfolger von Alexander dem Großen) wollten das Judentum verbieten und vernichten und hatten (u.a. mit Schweinen) den Jüdischen Tempel um 166 v.Chr. entweiht. Den Juden unter den Makkabäern gelang es, diese Griechen zu vertreiben. Nun brauchte man koscheres Öl, um den entweihten Tempel wieder zu heiligen. Man fand ein kleines Fläschchen - und wie durch ein Wunder reichte es 8 Tage (daher 8 Kerzen!) lang, bis neues Öl hergestellt wurde…

Daher also gab es extrem „öl-haltige“ Speisen…Es wurden bekannte chanukka - Lieder, wie z.B. "maos zur", gesungen! Es gab auch hoch interessante Gäste. Dazu jetzt gleich mehr.

Ein hoch interessanter Mann

Oben hatte ich über die Chanukka-Feier im Hause meiner sfardischen (eigentlich „misrachischen“) Freunde in Jerusalem erzählt, mit köstlichen Essen, zahllosen Chanukkiot (= Plural von „Chanukkia“= Leuchter zu Chanukka mit 9 Armen), viel Trubel und ganz vielen netten Leuten. Von einem dieser Gäste will ich nun erzählen:

Unter den Gästen war eine sehr interessante Persönlichkeit: Der etwa mindestens 80-jährige Mann aus USA sprach ausgezeichnet und akzentfrei – DEUTSCH !!! Beim Feiern sprachen ja eigentlich die meisten ivrit, einige Englisch, einige aus der Verwandtschaft meiner sfardischen/ misrachischen Gastgeber arabisch, kurdisch und/ oder farsi. Denn sie stammten ursprünglich aus dem Grenzgebiet Iran/ Irak und waren 1950 als Juden von dort vertrieben worden. Eine Vertreibung, über die man in Deutschland kaum Bescheid weiß und nicht spricht. Die Vertreibung der Palästinenser ist in Deutschland das Thema, nicht die zeitgleiche Vertreibung der Juden aus moslemischen Ländern. Eigentlich sehr ungerecht!

Dieser kluge, perfekt deutsch sprechende Herr hatte sofort an meinem Akzent in Englisch und meinen zahllosen Fehlern in ivrit erkannt, dass ich Deutsch als Muttersprache hatte! Ich fragte ihn, woher er so perfekt deutsch könne, und er meinte, er habe Wurzeln in Deutschland. Seine Eltern konnten im 3. Reich noch in die USA fliehen. Seine guten Deutsch-Kenntnisse habe er dann auch 1946 beruflich verwenden können. „Und inwiefern?" fragte ich. Und zu meinem großen Erstaunen erzählte er mir, dass er einer der Dolmetscher bei den Nürnberger Prozessen 1946 gewesen sei (gegen Göring. Hess, Keitel, Jodl, Speer, Dönitz und viele andere Nazi-Größen) gewesen! Wir unterhielten uns sehr angeregt, und er erzählte mir so manches Detail, was ich bisher nicht gewusst hatte!

Chanukka (und vor allem Purim) sind fröhliche Feste (eigentlich Halb-Feiertage) und man freut sich über die Befreiung/ Errettung des Jüdischen Volkes. Demnächst noch mehr über Jüdische Feiertage!

Natürlich machte ich auch Reisen innerhalb Israels, z.B. nach Haifa oder Tel Aviv oder zum Toten Meer oder zum See Genezareth, usw…:

See Genezareth

Eigentlich heißt er in hebräisch „Kineret“, weil er die Form einer „Harfe“ besitzt. Der See Genezareth liegt etwa 213 m unter dem Meeresspiegel (also 213 m unter NN) und ist für sein mildes Klima bekannt. Es wachsen dort Orangen, Zitronen, aber auch Paprika, Tomaten, Mangos und Bananen. Er liegt im syrisch-afrikanischen Graben und ist eines der wichtigsten Vogelzug-Gebiete. Viele Tausende Zugvögel passieren im Herbst und Frühling dieses Gebiet, manche überwintern sogar hier.

Im Hule-Tal (nördlich des See Genezareth) kann man bis zu 33000 Kraniche alleine zählen (die gefüttert werden, damit sie den Bauern nicht die Felder leer fressen).
Eine Bemerkung noch zum „Hule-Tal“. Dort fließt ja, von Norden kommend, der Jordan durch, und es war bis Ende des 19. Jahrhunderts ein Sumpf- und Malaria-Gebiet. Niemand wollte und konnte dort wohnen. Die ersten Zionisten legten die Sümpfe trocken und somit gab es auch keine Malaria mehr. Allerdings gab es unter diesen zionistischen Einwanderern (meist aus Rumänien) viele Malaria-Tote. Soweit mein Einschub, weil man immer wieder die oft sehr törichte Bemerkung hört, dass „die Juden“ den Palästinensern „ihr Land weggenommen haben“ …

Am See Genezareth spielt sich für Christen auch ein wichtiger Teil des Lebens Jesu ab: Kafarnaum, Berg der Seligpreisungen, Kursi u.v.a. mehr. Schon wie zu Zeiten von Petrus ist der See Genezareth immer noch sehr fischreich. Gerne mache ich dort Wanderungen, am Banias, einem der Jordanquellen, am See oder oben auf den anschließenden Golanhöhen in über 1000 m Höhe.

Im Kibbuz „En Gev“ gibt es eine kleine „Eisenbahn“, mit der man den Kibbuz durchfahren kann – besonders Kindern machen solche Fahrten und Führungen viel Spaß! ☺

Gerne besuche ich auch Günter Gottschalk in Migdal (Magdala, der Heimat von Maria Magdalena). Günter gehört zu bnei noach – Menschen, die die sieben noachitischen Gebote beachten. Mehr über diese Besuche und weitere Begegnungen in einem späteren Kapitel.

Auch nach Netanja reiste ich hin und wieder. Hier ein Erlebnis mit Me'ital in Netanja:

Me'ital

Me'ital heisst „Tau-Tropfen". Ihr glutäugiger und tiefgründiger und geheimnisvoller Blick faszinierte, ihre tief schwarzen Augen blitzten und loderten. Ihr samtbrauner Teint und ihre schwarzen Haare ließen sie als orientalische Jüdin erkennen, wohl aus dem Jemen, sicher genau so schön wie die sagenumwobene Königin von Saba.
Sie war wohl etwa 19 Jahre alt und bediente uns in einem Café in Netanja (einer Stadt mit ca. 160 000 Einwohnern, etwa 30 km nördlich Tel Aviv und einem wunderbaren, über 10 km langen Sandstrand).

Wir bestellten natürlich „schtrudl". Ja, kein Witz, unser „Strudel" (z.B. „Apfelstrudel"), ist eine ostjüdische Erfindung und so in die österreichisch-ungarische-bayerische Küche eingegangen. Auch heute noch in Israel eine sehr beliebte Delikatesse, und sogar die Bezeichnung ist ja als „strudl" in die neuhebräische Sprache eingegangen.

Bald kam Me'ital wieder, mit einer großen Portion „strudl" für jeden von uns, mit einer noch größeren Portion Sahne, und als größte Zugabe ihr blitzendes Lächeln.
Ich glaube fast, dass sie sich mit ihrem spitzbübisches Lachen auch ein wenig über uns amüsierte, weil wir beide sie mit offenem Mund dauernd anstarrten.

Als wir etwas später wieder mal zu jenem Café in Netanja kamen, fragten wir den Wirt nach „Me'ital". Er meinte, er habe unter seinen Bedienungen sogar 3 Mädels dieses Namens, und alle seien faszinierend hübsch, aber im Moment sei keine von diesen hier.

Bei meinen Reisen innerhalb Israels besuchte ich auch das Ayalon-Institut.

Das Ayalon Institute

Einmal besuchte ich auch das "Ayalon-Institute".
Das war eine geheime Waffenfabrik in den letzten Jahren vor der Staatsgründung Israels, also vor 1948.

Zur Zeit der damaligen englischen Kolonialherrschaft hatten sich die Israelis schon darauf einzustellen versucht, was geschehen werde, wenn die Engländer einmal abziehen würden: Wahrscheinlich bewaffnete Auseinandersetzungen mit dem arabischen Bevölkerungsanteil?

So wollte man vorsorgen und hat für die israelische Untergrundarmee Geschosse (z.B. Gewehrkugeln) hergestellt. Da das aber natürlich von den Briten verboten war, machte man das im Verborgenen, unter der Wäscherei (mit Heiß-Mangel) in einem Kibbuz. Das Heißmangel-Gerät machte solchen Lärm, ebenso die anderen Geräte in der Wäscherei, dass man die Munitionsproduktion, die unter der Wäscherei stattfand, nicht hörte...

Als wir jetzt - mehr als ein halbes Jahrhundert nach dem israelischen Unabhängigkeits-Krieg - diese ehemalige Munitionsfabrik besichtigten, wurden wir von einer sehr jungen und sehr energischen und sehr engagierten Dame geführt.

Nach der Besichtigung hielt sie eine feurige Rede, einen flammenden Appell für gesellschaftspolitisches Engagement und für Zivilcourage und für Solidarität. Und für eine zionistische und sozialistische Gesellschaft! Die Worte von J.F.Kennedy ("fragt nicht immer, was der Staat für euch tun kann, sondern fragt lieber, was ihr für den Staat tun könnt.") waren nichts, sie verblassen völlig gegenüber der begeisterungserfüllten Grundsatz-Rede der jungen, politisch engagierten Dame!

Kol hakawod – alle Achtung !!!

Während bei uns in Deutschland leider immer öfter ein allgemeiner Tenor des Jammerns und Weinens und des "Sich-Bedauerns" um sich greift und die öffentliche Diskussion bestimmt, war diese flammende Rede der jungen Dame, voller Optimismus, voller Pioniergeist, voller Enthusiasmus, voller mitreißender Stimmung für mich eine sehr wohltuende Abwechslung von bundesdeutscher Miesmacherei und Jammer-Mentalität!

Überhaupt beobachtete ich in Israel - nicht nur im Einzelfall dieser jungen Dame - eine fast trotzig-optimistische Stimmung (vor allem in besonders schlimmen Krisen-Situationen nach Anschlägen) des "jetzt erst recht", des Durchhaltens, des Zusammenhaltens, der Solidarität.

Während viele bei uns in Deutschland "Solidarität" für eine Bier-Sorte in Nordrheinwestfalen halten, hat dieses Wort in Israel seine ursprüngliche und wichtige und richtige Bedeutung noch beibehalten und gewinnt eher noch mehr an Gewicht.

****

Deutsche Jugendliche in Israel

Man trifft erstaunlich viele junge Deutsche in Israel. Nicht nur als Touristen. Sondern als Teil in der israelischen Gesellschaft. Einige kenne ich auch persönlich.

Es sind Viele (vor allem junge Frauen) in einem FSJ (Freiwilligen Sozialen Jahr), aber auch junge Männer als „Zivis“ (jetzt „Bufdis“) oder Freiwillige in einem Kibuz. Daneben Praktikant(in)en in einem offiziellen „Praxissemester“, vor allem im sozialen Bereich, und Studierende, vor allem im gesellschaftswissenschaftlichen Bereich.

Alle prägen dort ein Deutschland-Bild, das frisch-jugendlich und offen und herzlich ist. Diese Jugendlichen sind sicher auch ein wichtiger Grund (neben der meist israel-freundlichen Politik von Bundeskanzlerin Dr. Angela Merkel) dafür, dass heute Deutschland in Israel sehr positiv gesehen wird und als einer der engsten Freunde bezeichnet wird.

Zudem kommt noch eine große Reiselust viele Israelis -gerade nach Deutschland - hinzu.

Und BERLIN wird inzwischen sogar zu einem der beliebtesten Reiseziele der Israelis und zur beliebtesten Stadt in Europa – undenkbar noch vor einer Generation!

****

Fabeln sind oft recht aussagekräftig…

Der Frosch und der Skorpion

Ein Frosch kam einmal an den Jordan Fluss und wollte gerade hinüber schwimmen. Da kam ein Skorpion und bat, dass der Frosch ihn auf seinem Rücken mitnehme. Der Frosch reagierte entsetzt: "Bist du verrückt, du stichst mich mitten im Fluss und ich sterbe und gehe unter". Der Skorpion erwiderte: „Du bist aber töricht! Dann gehe ich doch auch unter, da du mich nicht mehr trägst." Der Frosch war beruhigt und nahm den Skorpion huckepack. Dann schwammen sie los. Doch - mitten im Fluss- stach der Skorpion zu! Der Frosch fragte sterbend: „Warum tust du das? Jetzt müssen wir beide sterben!" Der Skorpion entgegnete: „Ja, so ist es nun mal im Nahen Osten"…

Vielleicht sagt diese Fabel mehr über die Nahost-Problematik als viele politische Analysen es vermögen.

Meine erste Ankunft in Israel vor vielen Jahrzehnten

Es war einmal, vor langer Zeit, da flog ich das erste Mal nach Israel. Im Flughafen Tel Aviv sah ich schon die Palmen und wunderbaren Blumen und spürte die Wärme von 27 Grad (in Deutschland war es im Oktober schon herbstlich bei 12 Grad gewesen)....mir war auch warm um das Herz und ich freute mich sehr auf diese erste Reise. Ich war so abgelenkt, dass ich den Durchsagen entweder nicht zu hörte oder, da ich damals noch kaum ivrit konnte, sie nicht verstand, Plötzlich stürzte eine junge, hübsche, herrlich aussehende Soldatin auf mich zu, etwa in meinem damaligen Alter. Was wollte sie? Sie rannte auf mich zu und sagte etwas....Ich guckte etwas langsam, und ehe ich mich versah, packte sie mich, warf mich auf den Boden und legte sich auf mich. Aha?!?

Man ahnte damals in Europa schon, dass die Orientalinnen heißblütig und wild seien. Aber gleich so schlimm? Gleich so wild? Gleich derart heißblütig? Sollte das ein Zeichen ihrer Liebe sein? Okay, sie hatte gleich mich ausgesucht. Und somit sehr guten Geschmack bewiesen ☺ ...aber gleich so direkt? Ich versuchte sie erst einmal abzuschütteln, aber - sie war deutlich stärker als ich und drückte mich zu Boden.

Ich armes „Studentchen“ mit 47 kg (damals!!!) bekam kaum Luft. Endlich ließ sie mich los und erklärte mir in Englisch, dass es einen Bombenalarm gegeben habe und sie mich beschützen wollte.Ach so.

Ich war tief betroffen, denn sie hatte mich beschützt und ihr wäre sicher (im Ernstfall) viel mehr Schaden geschehen als mir. Danke. Toda raba, unbekannte Schönheit!

Soldatinnen in Israel

Immer wieder traf ich sehr hübsche Mädchen, zum Beispiel auch mal eine Einheit weiblicher Soldaten. In Israel leisten auch die Mädchen (wenn auch viel kürzer als die Männer, und kaum in Kampftruppen) Wehrdienst. Viele dieser jungen Frauen sind sehr aufgeschlossen, freundlich, nett, offen, herzlich - eben ganz normale Jugendliche. Ein Freund sprach eine Soldatin in ivrit an, und sie freute sich ehrlich und überschwänglich. Teilweise wird ja in dubiosen deutschen Medien - leider auch in „christlichen“ Medien – oft die israelische Armee als „zionistische Fratze“ denunziert und dämonisiert. Irgendwie erscheint mir diese - oft übertrieben pauschale und negative, destruktive – „Kritikasterei“ auch psychologisch eine Art Ventil, um sich von „deutschen Schuldkomplexen“ entlasten zu können? Wenn man meint, sagen zu müssen „die sind ja auch schlimm und machen schlimme Fehler“, fühlt man sich dann vielleicht etwas leichter oder „schuldloser“…?

Ich persönlich finde diese „Schuld-Debatte“ (und die oft seltsame „Flucht“ aus diesem Schuld-Komplex) eher kontraproduktiv. Ich stehe ja eher dafür ein, statt „Schuld“ besser „Verantwortung“ zu sagen - und auch zu dieser Verantwortung zu stehen.

Wenn man zu dieser Verantwortung steht, heißt das nicht (!), dass man keinerlei Kritik an einer jeweiligen israelischen Regierung üben dürfe….
Vielmehr sollten wir offen und konstruktiv auch Kritik, falls nötig, üben und uns von euphorischen und kritiklosen „Philo-Semiten“ distanzieren.

Andererseits ist manche oft gehörte pauschale, überzogene Kritik mit antisemitischen Klischees abstoßend und verachtenswert. Leider versteckt sich heute so mancher „Antisemitismus“ hinter dem (in verschiedenen politischen Gruppierungen so beliebten) „Anti-Zionismus“. Doch ein als „Antizionismus“ verbrämter „Antisemitismus ist genauso widerlich wie der offene rassistische und eliminatorische klassische Antisemitismus, vielleicht sogar noch schlimmer, weil er heuchlerisch ist…

Wenn wir nun zurück zu Soldatinnen und Soldaten gehen, so gibt es sicher - wie in jeder Armee – Übergriffe, Fehlverhalten, Verbrechen. Im Gegensatz zu den meisten Armeen hat aber die israelische Armee sogar Psychologen und andere Spezialisten, die solchen Entgleisungen durchaus nachgehen, sie ahnden und behandeln.

Wir jedenfalls haben die von gewissen dubiosen Kreisen als „zionistische Fratze“ denunzierte israelische Armee oft als hübsche Frauengesichter gesehen ☺

Leben in Israel

Wie ich selbst in Israel lebte, davon wisst Ihr nun schon einiges. Wie lebt aber der „einheimische Israeli“, wie läuft sein Alltagsleben und sein Lebenslauf ab?

Im folgenden erzähle ich euch etwas über das „Leben“ in Israel, anhand einiger ausgewählter „Lebensfelder“, wie zum Beispiel:

1. Bildungssystem -Schule/ Ausbildung

2. Einkaufen

3. Freizeitgestaltung

4. Freundschaften/ Liebe

5. Beruf/ Geschäftsleben

6. Religion/ Familie/ Brauchtum/ Kulturverbundenheit

7. Kultur (Musik, Speisen/Getränke, Sprache(n),Geschichten und Märchen, „Orient“)

8. Verhalten und Signale, Kommunikation

9. Besonderheiten Israels / Unterschiede zu Deutschland

(z.B. fährt am Schabbat kein Bus in Jerusalem, es gibt wenig Alkoholgenuss allgemein in Israel, extreme Unpünktlichkeit, sehr soziales und solidarisches Verhalten, usw…).

Diese meine Schilderungen beruhen teilweise auf Gesprächen mit Etti, Susanne und Uri, sehr gute israelische Bekannte, die ich alle dabei auch teilweise indirekt oder zitiere.

1.BILDUNGS-SYSTEM

In Israel geht man ca. zwei Jahre in den Kindergarten (im Alter von vier bis zum Alter von sechs). Darauf erfolgt der Eintritt in die Grundschule: Früher hatte man acht Klassen Grundschule, aber vor einigen Jahren hat sich das Erziehungsministerium entschieden, dies im ganzen Lande zu ändern und nun belegt man in der Grundschule nur sechs Klassen, dann geht man in die Mittelschule (etwa das Gegenstück des amerikanischen "Junior high-school") und belegt die restlichen zwei Klassen und dann kommt das Gymnasium. In Israel - im Gegensatz zu Deutschland - existieren meines Wissens nur zwei Arten von Gymnasien: eine Gesamtschule, wo alle Fächer unterrichtet werden: ob Mathematik oder Englisch und eine Berufsschule: wo man letzten Endes das Abitur erreicht aber mit Schwerpunkt Technologie oder Graphik usw….

Nun zu den „vielgeliebten“ Abitur-Prüfungen: In Israel gibt es eine bestimmte Zahl von Pflichtfächern, die unbedingt zu belegen sind: Mathematik, Geschichte Israels in der modernen Zeit, Allgemeine Geschichte vom Ende des ersten Weltkrieges bis zum kalten Krieg, Bibelkunde, hebräische sowie allgemeine Literatur, Grammatik, Englisch, schriftlicher Ausdruck, und dann darf sich man zwei Wahlpflichtfächer wählen: Arabisch, Biologie, Französisch (nur an wenigen Schulen angeboten), Physik, Chemie, Buchhaltung,

Biotechnologie (ein ganz neues Fach) und es gibt wahrscheinlich noch einige.

Man sucht sich also zwei von den oben genannten Fächern aus und nur, wenn man deren Forderungen erfüllt hat, dann bekommt man das Abitur. Man muss in Israel keine bestimmte Punktzahl erreichen um zum Abitur zugelassen zu werden. Jeder darf zu den Prüfungen antreten, allerdings ohne dass die Vorklausuren mitgerechnet werden (sodass also auch schlechte Schüler, denen es damals nicht gefallen hatte, in eine normale Schule zu gehen, das „erstrebenswerte“ Abitur erreichen, und ihr Zeugnis ist das gleiche wie das von Leuten, die in eine "normale" Schule gingen).

Jetzt zur Uni: An Israelischen Universitäten ist es nicht ausreichend, nur ein abgeschlossenes und komplettes Abitur vorzulegen. Man muss einen weiteren „Relativtest“ ablegen (entspricht etwa das amerikanische SAT- scholastic apptitude test) .In diesem Test wird die Schnelligkeit und die Kenntnisse eines jeden Studenten in Mathematik, Hebräisch (Sprache und Logik) und Englisch im Vergleich zu anderen gemessen. Die Fragen sind keineswegs kompliziert, aber die Zeit zur Beantwortung aller Fragen ist begrenzt und wenn man z. B. eine bestimmte Frage richtig beantwortet die von fast keinem anderen richtig beantwortet wird dann bekommt man verhältnismäßig mehr Punkte für die jeweilige Frage als wenn die meisten Leute diese besprochene Frage richtig beantwortet hatten.

Die akademischen Abschlüsse werden in Israel in drei eingeteilt:

B.A/Sc, M.A/sc und PhD genauso wie in Amerika und England. Es ist völlig genügend, wenn man nur ein B.A hat, also nicht so wie in Deutschland wo man nur mit dem Magister oder Diplom sein Studium absolviert

Was ich denke: Von meiner Warte aus ist das System sehr "zielstrebig" was Konkurrenz um die wenigen Studienplätze bringt. Das Niveau der Universitäten in Israel ist ziemlich hoch sowie die hoch angelegten Zulassungsmaßstäbe zu bestimmten Fächern, wie z.B. Medizin, wo man praktisch ein Genie sein muss. Der Fachbereich Mathematik an der Hebräischen Universität Jerusalem ist an der siebten Stelle der Welt eingestuft (!) , auch die Fachbereiche Biologie und Chemie sind in der Welt „würdig“ vertreten und kommen an irgendeine der ersten 50 Stellen.

Studentenleben in Israel:

Etti ist eine junge, sekulare Israelin. Sie ist eine sogenannte „ Sabra“, d.h. in Israel geboren, war damals beim Gespräch 23 Jahre alt, und Studentin der Germanistik und kognitiven Wissenschaften (ähnlich wie Psychologie) in Jerusalem. In Kleidung und Aussehen und Auftreten und Verhalten unterscheidet sie sich äußerlich kaum von ihren jungen Kommilitoninnen in Deutschland.

Ihr Deutsch hat sie sich selbst beigebracht und dann durch einen mehrmonatigen Aufenthalt in Berlin noch ergänzt. Von ihrem familiären Hintergrund konnte sie kein Deutsch! Zuhause sprach man ivrit und eventuell noch rumänisch, die Sprache ihrer Eltern (vor allem, wenn die Kinder mal was nicht hören sollten!).

Etti ist bezüglich ihrer Sprachkenntnisse – neben Ivrit spricht sie noch Englisch wie ein „native speaker“ [dank eines Schüleraustausches in den USA, als sie 15 war] und Deutsch akzentfrei und fließend, und Arabisch und Französisch [als Schulfächer in der Schule gelernt] und Rumänisch [als Sprache der Eltern] und auch etwas Spanisch [letzteres ist ein Phänomen, das sich aus der Tatsache ergibt, dass TV-Filme in Israel nicht synchronisiert werden, natürlich dann auch nicht die beliebten „telenovelas“, und somit viele auch dadurch zumindest Grundkenntnisse weiterer

Fremdsprachen lernen]- zwar für uns in Deutschland [mit eher geringen Fremdsprachenkenntnissen] überraschend, in Israel jedoch keineswegs selten.

Etti erzählt nun wörtlich (und in ihrer Schreibweise):

„ *Der durchschnittliche Student in Israel ist von vielen Drangsalen heimgesucht.*

Das kann man schon von allen Studenten in dieser Welt behaupten aber ich finde auf den israelischen Studenten trifft es am genausten zu.

Wie die gelobte Bibel sich darüber vernehmen laesst: "Der Student Israels schlaeft und schlummert nicht.."

Wenn man sich die Hebraeische Uni (die Hebraeische Universitaet verfuegt ueber vier Unigelaende, und jedes von ihnen ist fuer verschiedenartige Studienrichtungen zustaendig: Campus Har Hazofim – Geistes und Gesellschaftswissenschaften, Campus Givat Ram – Naturwissen-schaften und Ingenieurwesen,Campus in Karem – allgemine Medizin, Zahnmedizin, Pharmakologie, Campus Rechovot – Agrikultur ,Zoologie, Nahrungswissenschaften) beschaut, denkt man er ist an eine Niederlassung von Intel gelangt. Die Uni wird unter Aufgebot aller erdenklichen Sicherheitskraefte musterhaft ueberwacht. Niemand der weder Student noch die israelische Staatsbuergerschaft besitzt darf rein. Selbst innerhalb der Uni muss man immer den Rucksack auf lassen denn selbst in den Bibliotheken sowie in der Mensa sowie im Rechenzentrum wird man untersucht und mit kommischen Vorrichtungen durchgeleuchtet.

Lasst euch davon nicht erschrecken. Das ist eine Routine-sache...Und jeder muss bei Anfrage seine Sachen umgehend auspacken und sie durchsuchen lassen. Sollte man dagegen einen

Einwand erheben beargwoehnt diese Verweigerung die wachsamen Sicherheitsposten und sie duerfen dann zu Mitteln der Verzweifelung greifen.

Nun in Israel werden die Studenten mit groesster Genugtuung seitens ihrer Dozenten, regelrecht in die Mangel genommen. Nur um ein Beispiel zu nennen kann sich ein israelischer Student nicht leisten sich an langen Semesterferien zu laben im Gegensatz zu seinen deutschen Gegenstuecken. In Israel finden die Pruefungen waehrend der Ferien statt und die letzte Pruefung geht dem Anfang des neuen Semesters nur zwei Tage voran. Doch nicht alles ist so truebsellig...einen zweitaegigen Urlaub kann sich man trotzdem arrangieren....

Noch ein Grund um unsere Verdrossenheit zu feiern waere das hohe akademische Niveau ...Die Zulassungsmassstaebe in Israel werden so hoch angelegt so dass man manchmal praktisch ein Zeugnis voller "ausserirdischen Noten" erbringen muss.

Ich kannte mal diesen Jungen, ein zugegebenermaßen begnadetes Wunderkind, dessen Lehrer in der Schule ihm seit unvordenklichen Zeiten eine glaenzende Zukunft an der Fakultaet der Elektrotechnik in der Technion (es ist eine Art technische Uni) prophezeit hatten. Dieser Junge verlegte sich nach knappen zwei Jahren auf die Geisteswissenschaften in der hebraeischen Uni. Trotzdem ist die Fakultaet fuer Elektrotechnik an der Technion eine auf ihrem Gebiet fuehrende Fakultaet und zaehlt zu den 10 besten in der Welt.

Uebrigens wenn ihr das Leben eures Lehrers verbittert werde ich ihn mit den knallhartesten Pruefungsfragen der technion versehen. Dies zur Beherzigung :) ..." ☺

Soweit Etti, die junge Israelin.

ERGAENZUNG erfolgt durch Susanne, rund 30, früher aus Graz/ Österreich, jetzt seit ein paar Jahren in Israel lebend und studierend und inzwischen dort mit einem jungen Israeli verheiratet:

„Am auffallendsten: in Oesterreich ist das gesamte Bildungssystem "links" orientiert: das Studium ist fast gratis, der Staat unterstützt großzügig. In Israel ist es amerikanischer. die Studiengebühren sind horrend, jeder ist für sich selbst verantwortlich. von der Qualität der Ausbildung insgesamt schätze ich beide Länder als gleichwertig ein.

Am Anfang sind die Schueler sehr jung, aber wenn sie 17 - 18 werden, sind auch die Lehrer den Kindern gegenueber hoeflicher weil jeder weiss dass sie bald (nach dem 12 Schuljahr) zum Militaer muessen, und in diesem Jahr werden sie reif und erwachsen.
Wenn man sie mit Schueler in anderen Laender im gleichen Alter vergleicht sieht man das“.

Soweit Susanne.

Somit haben wir ein wichtiges Phenomen erwähnt: Die Wehrpflicht mit 18 Jahren (nach dem Abitur nach der 12. Klasse), die für Jungs u n d Mädels gilt und sehr prägend ist und eine wichtige Zäsur im Leben spielt.

Wir hatten bisher das Schulsystem erwähnt, das - wie in Deutschland – in 12 Jahren zum Abitur führt. Dieses Abitur streben sehr viele Israelis an, weil es in Israel kein duales Ausbildungssystem (Lehre und gleichzeitig Berufsschule) gibt wie in Deutschland oder Österreich. Es gibt also keine „Ausbildungsberufe“ wie im deutschen Sinne. In Israel gibt es nur „angelernte“ Berufe (das gibt es ja in Deutschland auch) und eben – für fast alle eines Jahrganges – das Abitur. Das Abitur wird für die meisten Berufe vorausgesetzt.

So haben z.B. die Sekretärinnen an der Uni oder in Firmen alle Abitur. Andererseits ist das Abitur – vielleicht ja auch aufgrund des hohen Prozentsatzes an Abiturienten – nicht allzu hoch im Niveau; es entspricht kaum dem deutschen Niveau.

Israel hat hier genau das gleiche Problem wie Deutschland. Vor einer Generation galten die israelischen Schüler noch als „Weltspitze“ in internationalen Vergleichs-Studien und auch Deutschland galt als Spitzenland in seiner Schulbildung. Heute in den PISA – Studien streiten sich Deutschland und Israel um mittlere Plätze, eher in der zweiten Hälfte der verglichenen Länder…

Vom Hochschulwesen hatten wir gehört, dass Israels Universitäten (und die einzige Technische Hochschule, das „Technion“ in Haifa) Weltruf genießen und zur Weltspitze gehören. Etti hatte oben ja geschildert, dass schon die ZULASSUNG zur Uni nicht (!) allein mit dem Abitur (mit eher mittelmäßigem Niveau) möglich ist, sondern eine Eingangsprüfung in Form einer „Relativ-Prüfung“ bestanden werden muss.

Ich selbst war ein Semester lang (Forschungsfreisemester) an der Hebräischen Universität in Jerusalem (an der Mathematischen Fakultät; hatte dort Software geschrieben!) gewesen und kann mit Fug und Recht behaupten, dass das Niveau weit höher ist als in Deutschland!

Wie ist nun diese Diskrepanz, diese Lücke, zwischen Abitur und Universität zu schließen ?

Nun, auch hier spielt wieder das Militär, die Armee, eine extrem wichtige Rolle.
Die Militärzeit (Wehrpflicht bei Männern rund 3 Jahre, bei Frauen 21 Monate) dient nicht nur der militärischen Ausbildung.

Schon bei der INTEGRATION der (sehr zahlreichen) Einwanderer spielt das Militär eine sehr wichtige Rolle durch Sprachkurse, Integrationskurse und für die „Identitätsfindung“ der jungen „olim“ (= Einwanderer).

Diese Rolle als „Integrations-Instrument“ ist nicht hoch genug einzuschätzen.

Eine ähnlich wichtige Rolle spielt die Armee als WEITERBILDUNGS-INSTRUMENT! Es werden zahllose Kurse angeboten, um die Lücken aus dem Abitur zu schließen und ergänzendes Wissen zu lernen und um auf die „Eingangsprüfung“ an der Uni vorzubereiten. Diese Weiterbildung erhalten die Wehrpflichtigen kostenlos.

Daneben gibt es zahlreiche private Institute, die das Gleiche anbieten. Diese aber kosten viel Geld, sehr viel…

Hier kommt - wie so oft in Israel – dann ein Politikum zum Tragen, das vielleicht so nicht beabsichtigt ist, aber durchaus als „Diskriminierung“ verstanden wird.

Unter den vielen Minderheiten innerhalb Israels (ohne besetzte Gebiete), wie Araber, Drusen, Beduinen, Tscherkessen,… gibt es durchaus ein extrem polarisierendes Verhalten in Bezug auf den (für diese Minderheiten freiwilligen) Militärdienst:

Während die Drusen mehrheitlich und die Beduinen teilweise freiwillig in der israelischen Armee dienen, kommt ein freiwilliger Militärdienst bei den israelischen Arabern (also Arabern mit israelischer Staatsbürgerschaft) kaum vor. Das mag wie ein Vorteil für die Araber aussehen. Aber, wie man oben ja gesehen hat, fallen dann natürlich alle diese kostenlosen Weiterbildungsmöglichkeiten (und Vorbereitungen für die Uni-Eingangs-Prüfung) innerhalb der Armee weg, und die Araber müssen zu teuren privaten Institutionen gehen. Und so hat, wie vieles im Leben, auch hier die fehlende Wehrpflicht für die Araber zwei Seiten.

Trotz dieser erschwerten Zugangsmöglichkeiten ist der Anteil arabischer Studenten an den Universitäten erstaunlich hoch: Am höchsten in Haifa (wo auch der arabische Bevölkerungsanteil ja recht hoch ist). Aber auch an der Hebräischen Universität in Jerusalem ist der Anteil arabischer Studenten wohl über 5 %.
Insgesamt gesehen ist das hohe Niveau universitärer Bildung ein großer und wichtiger Standortfaktor für Israel. Es ist sogar so, dass Universitäten eng mit der Wirtschaft im „High Tech"–Bereich verzahnt sind und - mit universitärer Hilfe–in Israel sehr viele „start up's" gegründet werden (teilweise mehr als in Deutschland, wobei Israel nur etwa 9 % der Einwohnerzahl Deutschlands hat!).

Das liegt natürlich auch am „Forschergeist", an der Lust am Entdecken und Entwickeln in Israel.

Auch wenn äußerlich die israelischen Studenten ihrem europäischen Pendant sehr ähnlich sind, gibt es mentalitätsmäßig riesige Unterschiede: Während in Deutschland das Wort „Streber" eher negativ besetzt ist, gilt viel Lernen (und erfolgreich sein im Studium) in Israel sehr, sehr viel !…

Das mag 2 Gründe haben:

Einerseits die prekäre politische Lage und Situation Israels, die alle irgendwie „zusammenschweißt" und gemeinsam zu einem zielstrebigen Lernen „ motiviert"….
Zum anderen spielt natürlich das „Jüdische Lernen" immer noch eine große Rolle: LERNEN war im Judentum immer sehr, sehr wichtig !

Einige meiner persönlichen Eindrücke:

An der Uni in Jerusalem sollte ich ja etwas Software erfinden und herstellen, und ich hatte zwei Projekte aus dem "LOGISTIK-BEREICH".

Ich fragte den Dekan der Uni nach den üblichen Wochenend-Regelungen, und er meinte, dass natürlich am Schabbat geschlossen sei. Da man an der Hebräischen Uni tolerant sei, und ein erstaunlich großer Prozent-Satz auch arabisch - moslemische Studenten seien, sei natürlich auch freitags geschlossen und ich brauche folglich nicht zur Arbeit.

Ich sagte daraufhin, dass es dann konsequenter- und fairerweise auch am Sonntag kein Arbeiten für mich geben dürfe - und er stimmte sofort zu!

"Nun", meinte ich dann zum Dekan, "glaubst du, dass ich dann, wenn ich diese 3 "Feiertage" (freitags, samstags und sonntags) habe, am MONTAG arbeiten kann? Da bin ich doch viel zu erschöpft von den Feiertagen!" ☺

Er lachte und stimmte mir sofort zu - auch am Montag war für mich frei !

Die übrigen Tage (dienstags, mittwochs und donnerstags) arbeitete ich dann so lange und so konzentriert, dass ich rechtzeitig und fristgerecht die beiden Software-Pakete fertig stellen konnte !

Übrigens noch etwas zu der Hebräischen Universität in Jerusalem: Sie zählt wohl zu den besten der Welt!

Ich selbst kann das für Teilbereiche bestätigen, wo ich ein Niveau vorfand, das Deutschland weit in den Schatten stellte!

Kol hakawod !

2. Einkaufen

SUSANNE:

politisch:

österreich: restriktive ladenschlußzeiten und restriktive gesetze beim eröffnen neuer ketten führen zu eingeschränktem einkaufsverhalten.

israel: milch einkaufen um mitternacht ist kein problem. alles hat offen.

gemeinsam ist der gesetzlich vorgeschriebene ruhetag. allerdings gilt der in israel nicht für moslems und christen.

gesellschaftlich:

in israel ist shopping eine freizeitgestaltung. wie in amerika. überall gibt es riesige klimatisierte einkaufszentren oder "malls". sowas gibt es in österreich nur in großstädten. in malls kann man ganze tage verbringen. es ist kühl, während draußen die sonne brennt. man kann dort auch essen.

URI (Anfang 60, schon weniger ausgabefreudig als Susanne) erzählt:

Einkaufen ; israelis ueberlegen sich bevor sie viel Geld ausgeben. Man verdient viel weniger als in Europa. Wo israelis oft ueberhaubt nicht vernuenftig Geld ausgeben ist bei Hochzeiten. Leider ist es so dass je aermer man ist um so mehr Geld gibt man fuer die Hochzeit aus. Man ladet hunderte von Menschen ein, gibt ein Essen usw, usw. Auch wenn man eingeladen ist schenkt man Geld uebertrieben gross und ueber seine Verhaeltnissen. An sonsten beim einkauf ueber gewisse Summen ist es immer ratsam nachzufragen ob man mit Kredit – Abzahlungen zahlen kann oder ob man ein Nachlass bekommt wenn man in bar zahlt. Meistens gibt der Verkaefer ein Rabat von 5% wenn man in bar zahlt.

3. Freizeitgestaltung/ Ausgehen / Freunde

SUSANNE, Anfang 30, erzählt:

naja das ist wohl sehr individuell. sport gibt es überall für den, der es mag. dazu kann ich nichts konkretes sagen.

eine sache fällt aber gravierend auf: der alkoholkonsum.
in österreich gibt es keine party, keine hochzeit, kein ausgehen, ohne daß alkohol in massen fließt. jeder säuft. es ist normal. in israel ***nicht !!!****. man sieht keine betrunkenen auf den straßen. auf hochzeiten säuft niemand. wenn leute ausgehen, betrinken sie sich nicht automatisch. man trinkt ein glas wein zum essen und anstoßen und das wars. fast niemand trinkt bier, wenn er ausgeht.*

ich sehe zwei gründe:

- *islamischer einfluß. im islam ist alkohol verboten.*

- *mentalität. österreicher sind viel weniger offen als israelis.*

israelis ***brauchen keinen alkohol*** ***um zu lachen, zu singen und zu tanzen.***

URI, Anfang 60, ergänzt:

Freizeitgestaltung ; Viele israelis gehen gern nach Eilat in ein schoenes Hotel fuer ein paar Tagen. Viele haben die Moeglichkeit sogar in 5 Hotels zu gehr weil man oft ueber sein Arbeitsplatz sehr guenstige Preise bezahlt wenn man in grossen Gruppen vom Arbeitsplatz kommt.*

Man geht gern ins Kino, tanzen, essen, und man reist gern ins Ausland in Gruppen oder allein. Viele junge Leute, die meisten, "brauchen" nach der Militaerzeit Ruhe und reisen in den Fern Osten oder nach Sued Amerika (oder, in letzter Zeit, auch oft nach Berlin!).

Erst wenn sie nach ein Jahr zurueck kommen fangen sie mit ihrem Studium an (und dann sind sie schon 22 oder 23 Jahr alt).

4. Freundschaft-Partnerschaft / Liebe

Hier muss man DEUTLICH zwischen der religiösen (orthodoxen) Minderheit und der sekularen Mehrheit der Israelis unterscheiden !!!

Was Freundschaften zwischen Mädchen und Jungs und Liebe betrifft, sind hier Welten an Unterschieden. Nochmal anders (und oft sehr streng) ist es bei den nicht-jüdischen Minderheiten (Drusen, arabische Moslems), bei denen Ehre und Familienmoral einen hohen Stellenwert besitzen!

Nun zu den jüdischen Israelis:

Freundschaft ; Bei den Orthodoxen gibt es so etwas nicht. Buben lernen getrennt von den Maedchen.
Heiraten werden oft von den Eltern geschickt „arrangiert". Das Mädchen und der Junge treffen sich dann in öffentlichen Cafés oder in einer Hotel-Lobby und unterhalten sich und testen, ob sie sich mögen...Man heiratet sehr jung (und bekommt viele Kinder)!

Bei den andern, den sekularen Israelis, fangen die Freundschaften sehr zeitig an. Es ist hier ähnlich wie bei uns in Deutschland.

Beim Militaer hat man auch Gelegenheit sich kennenzulernen und die meisten Nicht-Orthodoxen heiraten heute sehr spaet und erst, nachdem sie einen Beruf und/ oder eine Ausbildung haben. Vorher lebt man oft zusammen, ohne verheiratet zu sein....

Nun zu nicht-sexuellen Freundschaften: Heute nicht mehr so spontan wie frueher, wenn man jemanden besuchen will. Man kann nur mit guten Freunden spontan sein und "schnell auf ein Sprung kommen". Frueher war dass anders. Man ist gekommen - und man war da !

5. Berufsleben/ Geschäftsleben

SUSANNE erzählt: *Es gilt eigentlich wie immer, wie in fast allen Lebenslagen: : Israel ist amerikanisch in jeder Hinsicht ! Auch, was das Berufsleben betrifft.*

Es gibt Eigenverantwortung, starke Konkurrenz, aber auch harte Bedingungen für Kleinstverdiener. In Israel darf jeder mit Abitur Geschäftsmann/frau werden. BWL ist ein Schulfach. In Österreich/ Deutschland wird das verhindert durch vorgeschriebene Diplome und Zulassungen. Außerdem wird kein Abiturient dazu ausgebildet.

Dafür hat man es als Arbeiter schwerer in Israel. Es gibt weniger vorgeschrie-benen Schutz. Man kann ziemlich einfach Angestellte entlassen.

Die hoechste Ausgabe von dem durchschnitlichem Israeli ist fuer seine Wohnung. Die Gruende dafuer sind zu lang um hier in Einzelheiten darueber zu schreiben aber die Tatsache ist dass die hoechste Ausgabe fuer eine eigene Wohnung ist und es gibt nur wenige Leute die staendig in gemietete Wohnungen leben. Die zweithoechste Ausgabe von einem israeli ist fuer sein Fahrzeug. Als Beispiel: ein VW Golf / einfache Aus-fuehrung kostet umgerechnet mehr als 25,000 €. . Eine 1- Zimmer Wohnung in Tel Aviv (neben Habima Theater) kostet umgerechnet ca. 100,000 € - und mehr ! Doch man verdient hier weniger als in Deutschland !

URI, Anfang 60, ergänzt:

Berufsleben: Israel war viele Jahre sehr Socialorientiert. Leider ist man das immer weniger. Leute werden heute sehr leicht "gefeuert" und wenn man in meinem Alter ist kann man sehr schlecht Arbeit finden und man bekommt als aussrede warum man ein Job nicht bekommt, dass man "Ueberqulifiziert" ist. Man richtet sich sehr auf junge Leute ein und die haben oft, wenn sie gut aussehen ohne Ausbildung mehr Chansen Arbeit zu finden auch wenn man weiss dass sie nur fuer kurzer Zeit arbeiten werden weil sie dann studieren gehen oder vereisen usw....

6. Religion / Familie / Brauchtum/ Kulturverbundenheit

7. Kultur (Musik, Speisen/Getränke, Sprache(n),Geschichten und Märchen, „Orient“)

8. Verhalten und Signale, Kommunikation

9. Besonderheiten Israels / Unterschiede zu Deutschland

Zu diesen Punkten 6. Bis 9. kann ich auf das Buch „Kulturtraining Israel“ verweisen [Regina Wagner, Roland Hornung „Kulturtraining Israel“, logos-Verlag Berlin, 2010] (z. B. fährt am Schabbat kein Bus in Jerusalem, es gibt wenig Alkoholgenuss allgemein in Israel, extreme Unpünktlichkeit, sehr soziales und solidarisches Verhalten, usw…), wo diese Punkte ausführlich dargestellt werden.

Zum wirtschaftlichen WANDEL Israels zu einer hoch modernen Volkswirtschaft hier noch ein paar Worte von mir:

„ Alles hat seine Zeit…“, (Prediger, 3)

Viel praktische Lebensweisheit steckt in den Stationen, die der Prediger Salomo uns vor Augen stellt! Und wenn alles wirklich seine Zeit hat, dann kann und darf sich alles auch ändern. In der Veränderung liegt die Kontinuität. Alles fließt, meinte schon der griechische Philosoph Heraklit.

Und auch Israel ändert sich. Wenn man - wie ich– Israel seit gut 30 Jahren kennt, dann merkt und spürt und sieht man Änderungen, gewaltige Veränderungen. Mir sind **drei solcher Wandlungen** klar vor Augen: In der Wirtschaft, in der Politik und in der Gesellschaft.

Zuerst zur Wirtschaft. Vor 30 Jahren – damals war ich als Student das erste Mal im Heiligen Land – war Israel Agrarland, Exporteur von Früchten und Obst, jeder kennt noch die berühmten und wohl schmeckenden Jaffa-Orangen. Heute ist Israel ein High- Tech Land, sein Schwerpunkt liegt in Innovationen im Bereich Software, Hardware, Pharmazie u.a., Israel gehört zu den höchst entwickelten Ländern der Welt.

Der erste Wandel war also der von einer Agrarwirtschaft, einem Schwellenland, zu einem Hochtechnologieland.

Eng damit zusammenhängend der politische Wandel von einem kollektiven Land (mit Kibbuz-System) und einer gewissen Art von „Sozialismus zu einer neoliberalen Politik in der Art Deutschlands und der USA. Vorteil davon ist, dass Inflation und Wirtschaftsschwäche dadurch überwunden wurden. Nachteil ist, dass die Einkommens-Schere sich immer weiter öffnet und das sprichwörtliche israelische Sozialsystem immer mehr schwindet. Die weltweite Konkurrenz und das feindliche Umfeld zwingen Israel aber immer mehr dazu, ein wirtschaftlich starkes Land mit stabilem und wachsenden Export zu werden.

Der dritte Wandel ist innerhalb der Gesellschaft, vom kollektiven „Israeli“ zum multikulturellen Individuum:

Anfangs - nach Staatsgründung – war die israelische Gesellschaft auf den Aufbau konzentriert und auf die Schaffung eines „New Jew“.
Der „Old Jew“ in Europa war nachgiebig, leise, unterwürfig, wenig kämpferisch und assimiliert gewesen, und trotzdem wurden 6 Millionen ermordet. Man schloss daraus, dass der „neue Jude“ ein

stolzer, unbeugsamer, aktiver, kämpferischer, nicht assimilierter Pionier werden müsse und schuf „*den* Israeli" als Stereotyp: Aschkenasisch, sozialistisch, auch kollektiv, ohne Fremdkultur-Einfluss, nur „israelische Kultur".

Diesen „Standard-Israeli" gibt es heute nur noch in der Minderheit. Durch Einwanderungen – vor allem aus der ehemaligen Sowjetunion – und durch gesellschaftlichen Wandel entstanden viele individuelle Kulturen und Gruppierungen in Israel, die ziemlich unterschiedlich sind: Von den „russischen Juden" über die sfardischen Juden aus dem Orient, bis zu den äthiopischen Einwanderern, den „Orthodoxen" und „Nationalreligiösen", und hin zu israelischen Arabern (sowohl christlich als auch muslimisch). Ein buntes Gemisch, eine multikulturelle Vielfalt, eine breite und weite und offene Gesellschaft entstand. Mit vielen Gegensätzen (religiös – sekular, aschkenasisch-sfardisch, jüdisch-arabisch, reich-arm,…), aber auch großer gegenseitiger Bereicherung.

Israel steht vor vielen Aufgaben. Seine reiche und vielfältige Gesellschaft kann diese Aufgaben bewältigen. Gerade diese Vielfalt ist Gefahr – aber auch eine riesige Chance! ☺

Ja, alles hat seine Zeit. Es gibt auch die Zeit des Abschied Nehmens.

Irgendwann reist man wieder aus Israel ab. Zurück nach Deutschland. Aber es bleibt so Vieles: Erinnerungen, Erfahrungen, Freunde.

Natürlich wollte ich immer wieder mal nach Israel fahren – und mache dies auch oft.

Natürlich wollte ich auch „Brücken schlagen" zwischen Israel und Regensburg, meiner jetzigen Heimat.

Und so hielt ich einen Vortrag (in deutsch!) vor Deutschschülern des Goethe-Institutes in Tel Aviv – über Regensburg ☺

„ ***Meinen Bogen habe ich gesetzt***

in die Wolken; der soll das Zeichen sein des Bundes zwischen mir und der Erde…" , sprach Gott zu Noah, und schloss einen Bund mit ihm.

Einen Bogen zu setzen, einen Bund schließen zwischen Gott und den Menschen, ist immer gut, sehr gut.

Auch Menschen können miteinander einen Bund schließen, Brücken bauen. Wir vom „Freundeskreis Israel in Regensburg und Oberbayern e.V." bauen solche Brücken. Wir sind die Brückenbauer zwischen Regensburg und Israel.

Ich wollte meine langjährige Erfahrung in der Lehre anwenden, um solche Brücken zu bauen und zu verstärken. So hielt ich auf einer Israelreise im Februar 2011 im Goethe-Institut in Tel Aviv in einer fortgeschrittenen Deutsch-Klasse einen Vortrag - über Regensburg!

Ich spannte den Bogen vom 3000 Jahre alten Jerusalem über das fast 2000 Jahre alte Regensburg vom römischen Altertum über das Mittelalter bis zum heutigen modernen Regensburg und hin zur 100 jährigen „weißen Stadt" Tel Aviv.

Besonders interessierte die israelischen Deutsch-Schüler neben der jüdischen Geschichte Regensburgs im Mittelalter das Regensburg von heute: BMW und andere Industrie-Firmen, das Schloss der Fürstin Gloria, die steinerne Brücke und natürlich, ***ob es auch Bier gebe in großen Gläsern von einem Liter Inhalt…***

Mir fiel wieder die große und bunte Vielfalt Israels auf: Von den rund 16 Deutsch-Schülern hatten fast die Hälfte nicht Hebräisch als Muttersprache und stammten aus Spanien, Polen, Rumänien oder Italien. So sprachen die meisten zwei „Muttersprachen“ (ihre Herkunftssprache und ivrit, das moderne Hebräisch), und Englisch und jetzt lernten sie im Goethe-Institut auch noch Deutsch. Es war eine herzliche und für alle Seiten bereichernde Erfahrung.

Dieses Buch soll der erste Band einer geplanten Reihe sein, in welcher der Autor Roland Hornung (aber auch Freunde und Bekannte) weitere neue Erlebnisse aus Israel schildern mögen.

ISBN 978-1-4717-2934-8

www.ingramcontent.com/pod-product-compliance
Ingram Content Group UK Ltd.
Pitfield, Milton Keynes, MK11 3LW, UK
UKHW020233250726
13967UKWH00001B/334

9 781471 729348